KB266178

부모님 자서전

부모님 자서전

부모님이 직접 채우는 80가지 질문,
처음 듣게 되는 부모님의 인생 이야기

당신이 몰랐던 한 사람의 이야기

매일 밥을 함께 먹고, 같은 지붕 아래서 수십 년을 살았어도, 우리는 생각보다 부모님을 잘 모릅니다. 부모님이 스무 살 때 무엇을 꿈꿨는지, 처음 사랑에 빠졌을 때 어떤 기분이었는지, 살면서 가장 후회하는 일이 무엇인지, 한 번도 물어본 적 없는 질문들이 너무나 많습니다.

우리는 부모님을 '엄마'와 '아빠'라는 역할로만 기억합니다. 하지만 그분들에게도 그 역할이 생기기 전에는 당신과 같은 삶이 있었습니다. 설레었던 날들이 있었고, 무너졌던 밤들이 있었으며,

아무에게도 말하지 못한 감정들이 있었습니다. 누군가를 미치도록 좋아했던 시절도 있었고 모든 것을 포기하고 싶었던 순간도 있었을 겁니다. 그 이야기들은 지금 어디에 있을까요. 가슴속 어딘가에 조용히 쌓인 채, 한 번도 꺼내지 못한 말로 남아 있지는 않을까요.

생각해 보면 우리는 부모님께 너무 많은 것을 당연하게 여겼습니다. 새벽같이 일어나 밥을 짓고, 말없이 뒷바라지하고, 당신의 꿈보다 자식의 꿈을 먼저 챙겼던 그 사람. 그분이 젊은 날 어떤 꿈을 가졌었는지, 어떤 음악을 좋아했는지, 어떤 사람 앞에서 두근거렸는지, 우리는 한 번도 진지하게 물어본 적이 없습니다. 물어볼 기회가 없었던 게 아닙니다. 그냥, 물어보지 않았습니다.

이 책은 우리가 미처 생각하지 못한, 부모님이 한 번도 꺼내지 못했던 이야기들을 담기 위해 만들어졌습니다. 80개의 문답은 단순한 질문이 아닙니다. 당신이 태어난 이후 평생 강한 책임감으로 살아야 했던 부모님이 처음으로 솔직해질 수 있는 시간이고, 자녀가 처음으로 한 인간인 부모님을 마주하는 순간입니다. 엄마이기 이전에 한 여자였던 사람, 아빠이기 이전에 한 청년이었던 사람. 그 사람의 이야기를 이제야 듣는 겁니다.

어쩌면 이 책을 채워나가는 동안, 당신은 놀랄 수도 있습니다. 몰랐던 사실에, 예상하지 못했던 감정에, 생각보다 훨씬 깊었던 그 사람의 내면에. 때로는 웃음이 나올 것이고, 때로는 눈물이 차오를 것입니다. 오래된 사진 한 장을 꺼내는 것처럼, 잊고 있던 기억이 되살아나는 순간들이 있을 겁니다. 그 모든 순간이 이 책이 만들어내는 시간입니다.

시간은 생각보다 빠릅니다. 오늘 건강하게 웃고 계신 분이, 내년에는 목소리가 달라질 수 있습니다. 지금 선명한 기억이, 몇 년 후에는 흐릿해질 수 있습니다. 살아있는 동안 들을 수 있는 이야기가, 언젠가는 영영 들을 수 없는 이야기가 됩니다. 우리는 그 사실을 알면서도, 늘 나중으로 미룹니다.

이제 더 이상 미루지 마세요.

이 책은 그 '나중에'를 '지금'으로 당기기 위해 만들었습니다. 어버이날 한 번 드리는 카네이션보다, 명절에 건네는 용돈 봉투보다, 이 책 한 권이 오히려 더 오래 남을 수 있습니다. 다 채워진 이 책은 어떤 선물보다 무겁고, 어떤 말보다 따뜻한 기록이 될 것입니다.

지금 이 순간에도, 묻지 않으면 영영 사라질 이야기들이 있을 것입니다.

그러니, 이제 우리가 먼저 부모님을 들여다볼 차례입니다.

부모님의 인생이 담긴, 세상에 단 한 권뿐인 책,

부모님과 우리가 함께 만들어가는 책.

그 어떤 선물보다 오래 남을 것입니다.

차례

이 책을 가장 잘 쓰는 방법

① 선물하거나, 함께 앉아 물어보세요

이 책은 두 가지 방식으로 사용할 수 있습니다. 부모님께 직접 선물해 혼자 천천히 작성하게 하거나, 자녀가 질문을 읽어드리고 부모님의 말을 받아 적는 방식도 좋습니다. 어떤 방식이든, 함께하는 시간이 이 책의 가장 큰 선물입니다.

② 순서는 없습니다

1번부터 순서대로 채울 필요가 없습니다. 그날의 기분에 따라, 마음이 닿는 질문부터 시작하세요. 어떤 질문은 금방 답할 수 있고, 어떤 질문은 며칠을 생각해야 할 수도 있습니다. 그 시간 자체가 이 책의 일부입니다.

③ 짧아도 괜찮습니다

긴 문장을 쓰지 않아도 됩니다. 단 한 줄이어도, 그 한 줄이 평생 남을 기록이 됩니다. 맞춤법도, 문장력도 중요하지 않습니다. 솔직함만 있으면 충분합니다.

④ 빈칸이 있어도 괜찮습니다

모든 질문에 답하지 않아도 됩니다. 답하고 싶지 않은 질문은 넘겨도 좋습니다. 하지만 그 빈칸도 언젠가 채울 날이 올 수도 있습니다. 이 책은 닫혀도, 언제든 다시 열 수 있습니다.

⑤ 이 책은 완성되는 순간 유산이 됩니다

완성한 이 책은 어떤 사진첩보다, 어떤 영상보다 오래 남을 기록입니다. 훗날 자녀가, 손자가, 아직 태어나지 않은 누군가가 다시 이 책을 펼칠 수도 있습니다. 그리고 이 책은 삶을 살아가는 힘이 되어줄 것입니다.

작성 예시

요즘 제일 행복한 순간은 언제예요?

요즘은 특별한 일은 없고 그냥 그날이 그날이지.
하루하루가 다 비슷한데도,
이런 요즘이 또 괜찮구나 싶어.

굳이 좋은 순간을 꼽자면,
집에 식구들이 다 같이 있을 때가 아닐까.
너는 방에 들어가 있고, 나는 거실에 있고,
아빠도 자기 할 일 하고 있는데,
그래도 그냥 다들 집에 있는 그 느낌이 좋더라.
가끔 한 번씩 나와서, 냉장고를 뒤지면서 먹을 걸 찾고,
또 그러다가 이런저런 이야기도 하고.
생각해 보면 이런 게 제일 편하고
좋은 순간인 것 같아.

Date. 2026 / 00 / 00

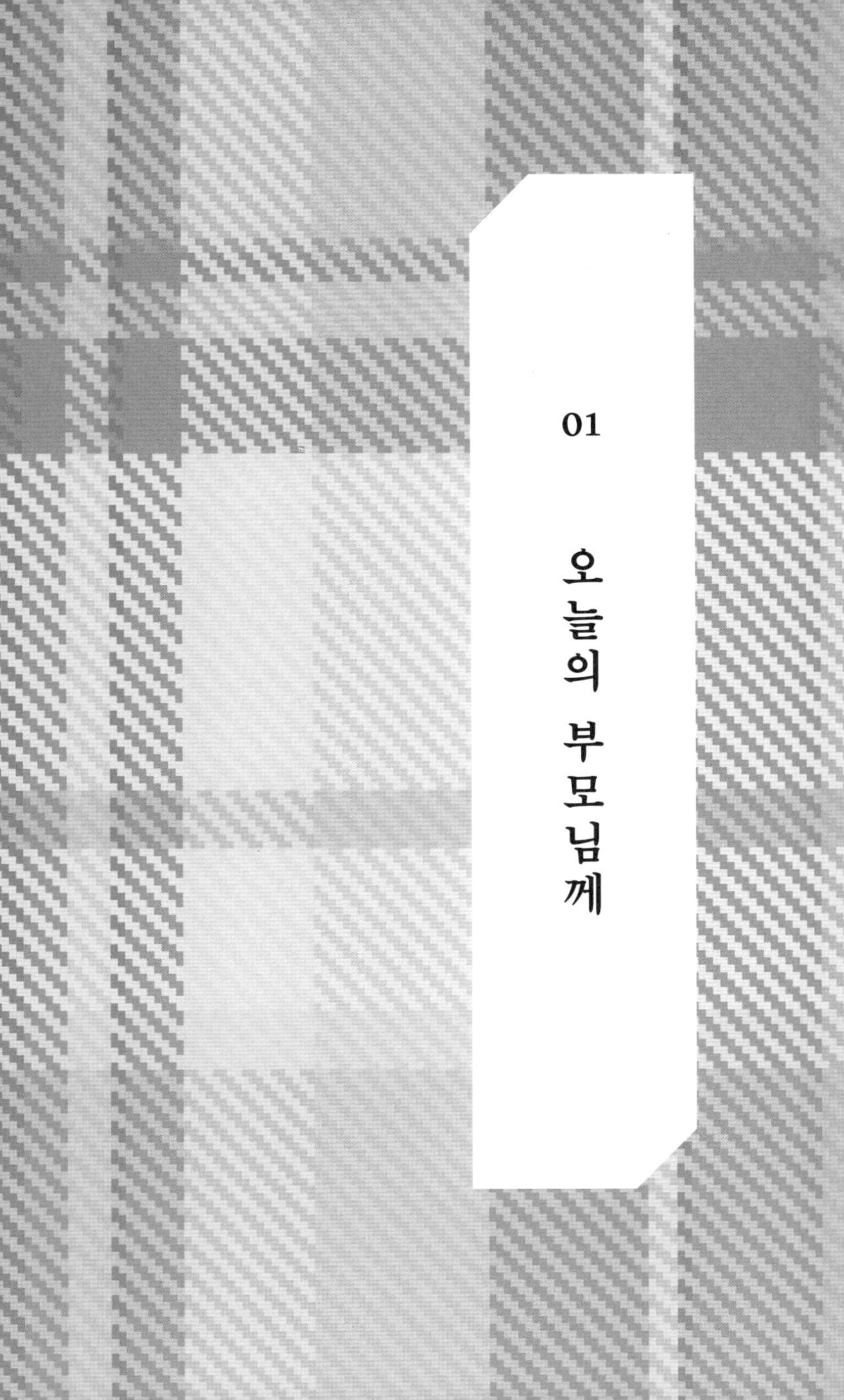
01

오늘의 부모님께

요즘 기분은 어떠세요?

지금 가장 하고 싶은 일은 뭐예요?
(아무것도 막는 게 없다면요.)

요즘 가장 듣고 싶은 말이 있다면요?

요즘 가장 위로가 되는 것은 뭔가요?

요즘 어디가 불편하거나 아픈 데는 없어요?

요즘 제일 행복한 순간은 언제예요?

요즘은 어떤 꿈을 꾸세요?

요즘 가장 자주 연락하는 사람은 누구예요?

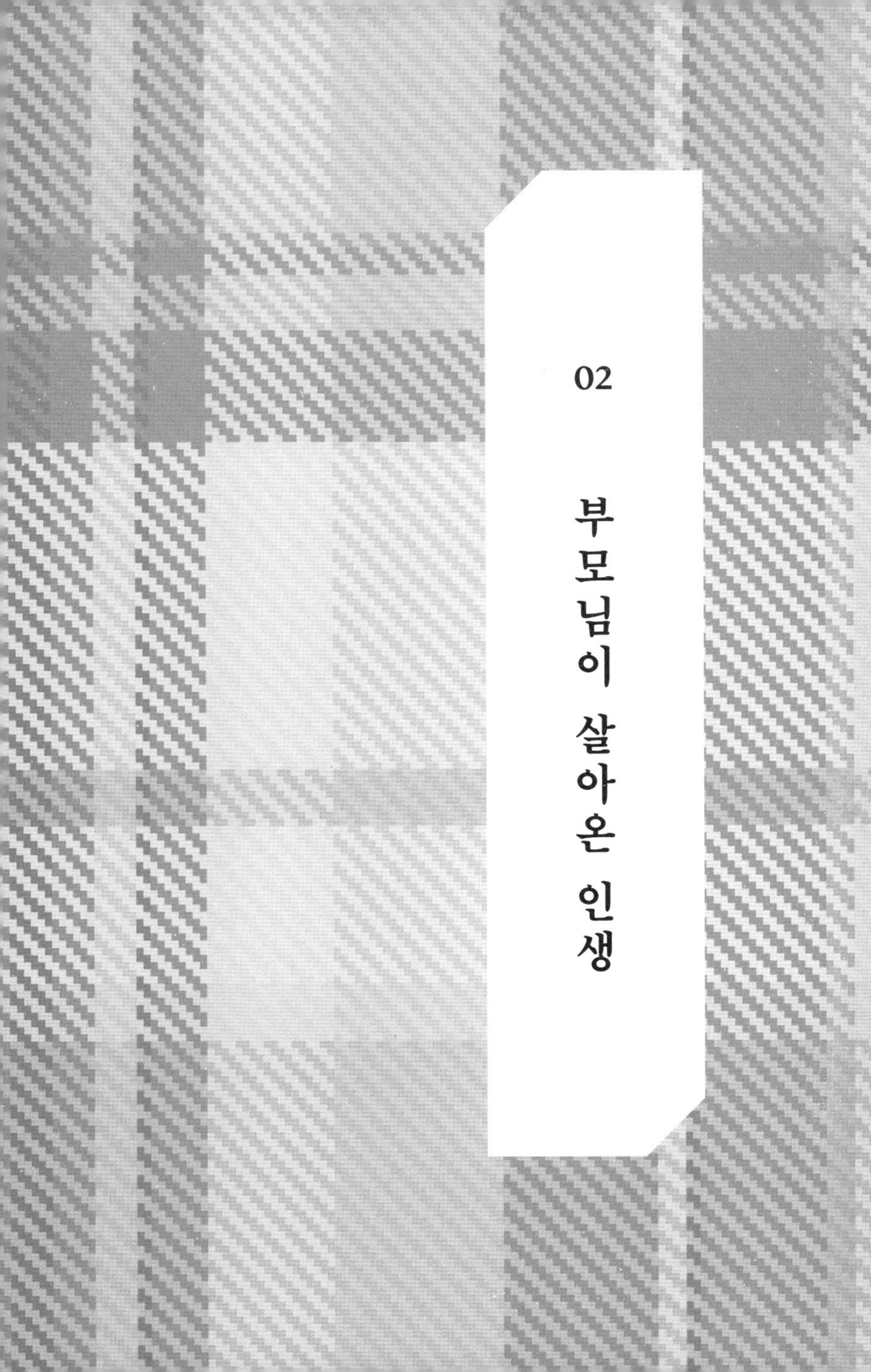

02

부모님이 살아온 인생

살면서 가장 행복했던 순간은 언제인가요?

살면서 가장 힘들었던 시간은 언제였나요?
그때를 어떻게 버텨냈나요?

살면서 가장 오래
마음에 담아뒀던 것은 뭔가요?

지금까지 살아오며
가장 잘한 선택은 무엇인가요?

가장 후회되는 선택은 무엇인가요?

정말 하고 싶었지만 못한 일이 있다면요?

지금의 삶이 예상했던 인생과 비슷한가요?

나이가 들수록 더 소중해진 것이 있나요?

나이가 들수록 내려놓게 된 것이 있나요?

지나고 나서야 소중했다는 걸 알게 된 것이 있다면요?

삶에서 가장 길게 느껴졌던
하루는 언제였나요?

인생이란 뭐라고 생각하시나요?

오늘이 마지막 날이라면
무엇을 하고 싶나요?

살면서 꼭 한 번은
가보고 싶은 여행지가 있나요?

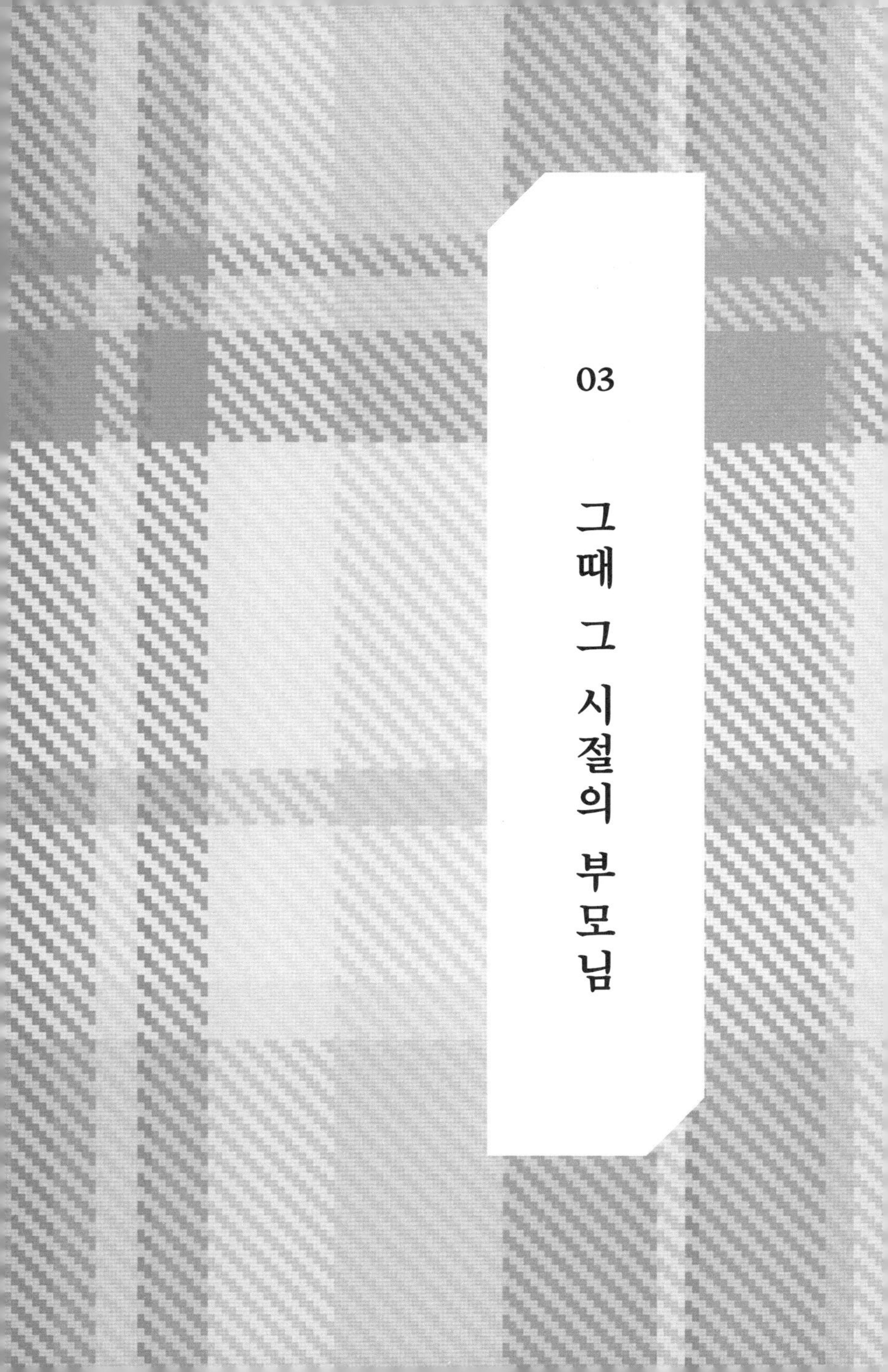

03

그때 그 시절의 부모님

어릴 때 가장 많이 들었던 잔소리는 뭐예요?

젊을 때 가장 오래 울었던 날이 언제였나요?

젊을 때 가장 빠져있던 것은 뭐였나요?

어릴 때 미래의 자신에게 편지를 쓴다면
어떤 말을 썼을 것 같아요?

다시 젊어진다면
가장 먼저 하고 싶은 건 무엇인가요?

젊었을 때 인생에
큰 영향을 미친 사람이 있었나요?
어떤 점 때문이었나요?

04

두 사람이 하나가 되기까지

엄마/아빠(상대방)에게
한눈에 반하게 된 계기가 있나요?

결혼을 결심하게 된
결정적인 순간이 있었나요?

결혼하길 잘했다 싶었던 순간이 언제예요?

결혼하고 나서
혼자 눈물 흘렸던 날이 있었나요?

말다툼 후 먼저 손 내밀었던 쪽은
주로 누구였나요?

연애 시절 가장 행복했던 데이트가
기억나나요?

연애할 때 가장 많이 싸웠던
이유는 뭐예요?

함께 살면서
가장 힘들었던 시기는 언제였나요?

상대방이 너무 미웠던 순간이 있었나요?

상대방에게 아직도 미안한 것이 있나요?

상대방 덕분에
내가 달라진 점이 있다면요?

지금까지 함께할 수 있었던 가장 큰 이유는 무엇이라고 생각하세요?

다시 태어나도
이 사람과 결혼하실 건가요?

엄마/아빠(상대방)의 얼굴을 그려주세요.

05

부모님의 부모님을 기억하며

조부모님께 가장 미안한 일은 무엇인가요?

조부모님이
가장 기뻐하셨던 순간을 기억하나요?

조부모님께
미처 하지 못한 말이 있다면 무엇인가요?

조부모님과의 기억 중
가장 자주 떠오르는 것은 무엇인가요?

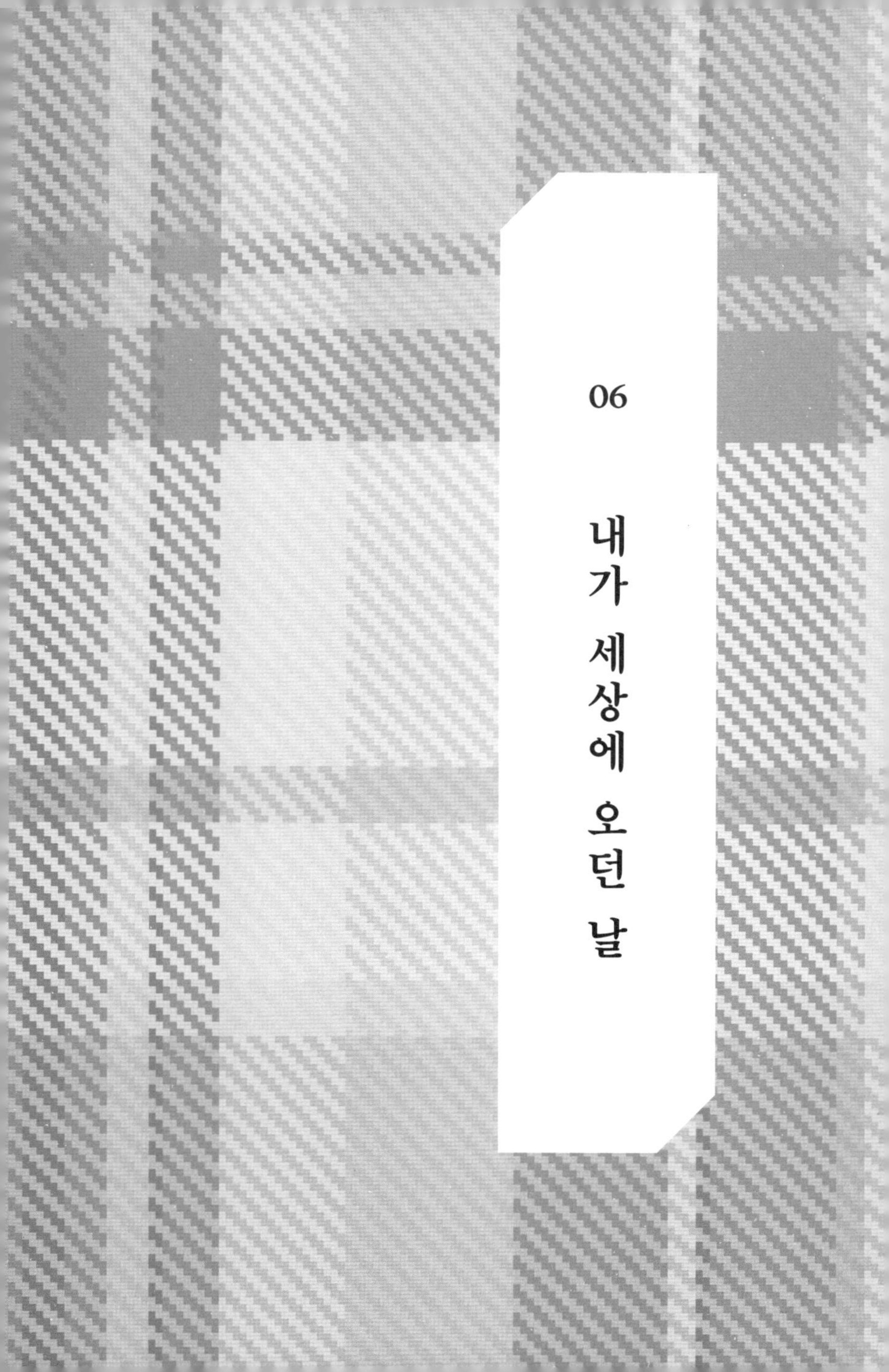

06

내가 세상에 오던 날

나를 가진 걸 처음 알았을 때
어떤 마음이었나요?

내가 태어나기 전,
어떤 부모가 되겠다고 다짐했나요?

내가 처음으로 했던 말이 기억나나요?

내가 처음 걸었던 날이 기억나나요?

아기였을 때 나는 어떤 아이였나요?

나를 처음 혼냈던 날이 기억나나요?
그때 어떤 마음이었나요?

내가 어른이 됐다고
처음 느꼈던 순간이 언제예요?

나를 키우며 부모님 자신이
가장 많이 달라진 점은 무엇인가요?

07

자녀에게 말하지 못했던 마음들

나에게 한 번도 말하지 못했던 이야기가 있나요?

나에게 미안했던 순간이 있다면
언제인가요?

나 때문에 가장 크게
상처받았던 적이 있나요?

나를 위해 참았던 일이 있다면 무엇인가요?

나에게 거짓말을 한 적이 있나요?
왜 그랬나요?

나를 키우며 가장 힘들었던 점은
무엇인가요?

나 때문에 포기한 것이 있나요?

나와의 관계에서
가장 아쉬운 점은 무엇인가요? .

나에게 더 해주고 싶은 게 남아 있나요?

나를 보며 가장 뿌듯했던 순간은요?

내가 가장 자랑스러웠던 순간은 언제인가요?

내가 가장 걱정됐던 순간은 언제인가요?

나를 보면서 어릴 때 내 모습이
떠오를 때가 있나요?

나에게 가장 서운했던 적은 언제예요?

내가 고쳐줬으면 하는 것이 있다면요?

나와 함께 해보고 싶었지만
하지 못한 일이 있나요?

08

자녀에게 꼭 전하고 싶은 말

나에게 꼭 전하고 싶은
삶의 태도는 무엇인가요?

내가 꼭 하지 말았으면 하는 것은 무엇인가요?

내가 꼭 했으면 하는 것은 무엇인가요?

제가 언젠가 부모가 된다면,
꼭 닮아줬으면 하는
부모님의 모습이 있나요?

나와 더 많은 시간을 보낼 수 있다면
무엇을 하고 싶나요?

나와 함께한 시간이 충분했다고 느끼나요?

내가 기억해줬으면 하는
부모님의 모습이 있다면요?

제 얼굴을 그려주세요.

다시 태어나도
나의 부모가 되어주실 건가요?

마지막으로
제게 하고 싶은 말을 적어주세요.

당신이 태어나던 날,

그들은 처음으로 자신보다 소중한 것이 생겼습니다.

그날 이전까지, 그들에게도 꿈이 있었습니다.

하고 싶은 일이 있었고, 가고 싶은 곳이 있었고,

되고 싶은 사람이 있었습니다.

그런데 당신이 세상에 나오는 순간,

그 모든 것들이 조용히 뒤로 밀려나게 되었습니다.

당신의 첫 울음소리를 들으며

생전 느껴보지 못한 감정을 느꼈을 겁니다.

이 작은 존재가 아프면 안 된다는 것,

이 작은 존재가 춥지 않아야 한다는 것,

이 작은 존재의 내일이 오늘보다 나아야 한다는 것.

그것이 사랑인지, 두려움인지, 책임인지

그들은 몰랐을 겁니다.

우리 모두의 삶이 처음인 것처럼.

그들도 그 마음 하나로 살기 시작했습니다.

당신이 걷는 것을 배우는 동안

그들은 넘어지는 당신 곁에서

같이 무릎을 꿇었습니다.

당신이 자라는 동안

그들은 이제 조금은 늙었습니다.

그리고 그것을, 단 한 번도 아깝다고 하지 않았습니다.

당신이 태어나던 날,

그 사람의 인생에서 가장 긴 사랑이 시작되었습니다.

그 사랑은 지금도 끝나지 않았습니다.

당신이 알아채지 못하는 순간에도,

당신이 멀리 있는 날에도,

당신이 연락을 뜸하게 하는 요즘에도.

여전히, 그들은 오늘도 당신을

자신보다 먼저 생각하고 있습니다.

그런 그들의 마음을

소중히 눌러 담아낸 이 책이

그 어떠한 책보다도 오래 간직되는 책이기를 바랍니다.

부모님 자서전

초판 1쇄   2026년 5월 4일

지은이   지혜의숲 편집부
펴낸곳   지혜의숲
이메일   grovepress2000@gmail.com
출판등록 2021년 5월 31일 제2025-253호

ISBN   979-11-93282-74-8 (03810)